GUÍA DE LECTURA

Escrita por David Noiret
Traducida por Marina Martín Serra

Viaje al centro de la Tierra

de Julio Verne

Entiende fácilmente la literatura con

ResumenExpress.com

www.resumenexpress.com

JULIO VERNE

NOVELISTA FRANCÉS

- **Nacido en 1828 en Nantes (Francia)**
- **Fallecido en 1905 en Amiens (Francia)**
- **Algunas de sus obras:**
  - *Viaje al centro de la Tierra* (1864), novela
  - *La vuelta al mundo en 80 días* (1873), novela
  - *La isla misteriosa* (1874), novela

Julio Verne, nacido en Nantes en 1828, empieza a estudiar Derecho y, a partir de 1852, publica una obra de teatro y algunos cuentos. Entabla amistad con el aventurero Jacques Arago (autor y explorador francés) y conoce a exploradores y científicos. Su primera novela, *Cinco semanas en globo* (1863), cosecha un éxito enorme. Este libro marca el inicio de los *Viajes extraordinarios,* que se componen de 18 cuentos y de 65 novelas, entre los que encontramos *Viaje al centro de la Tierra* (1864), *Veinte mil leguas de viaje submarino* (1869), *La vuelta al mundo en 80 días* (1873), *La isla misteriosa* (1874), *Miguel Strogoff* (1876), etc. Estas obras, que tienen una excelente base documentada, mezclan aventuras, anticipación e imaginación, y reflejan el interés que el autor muestra por los avances tecnológicos de su época y por los viajes.

En 1886, muere su editor y amigo Jules Hetzel; además, declina su interés por la ciencia. Ambas cosas marcan un punto y aparte en su carrera. Muere en Amiens en 1905. Hoy en día, es uno de los autores de lengua francesa más traducidos a nivel mundial.

VIAJE AL CENTRO DE LA TIERRA

DE LA CIENCIA A LA CIENCIA FICCIÓN

* **Género:** novela de aventuras
* **Edición de referencia:** Verne, Julio. 1864. *Viaje al centro de la Tierra*. Lima: Biblioteca virtual Julio Verne
* **Primera edición:** 1864
* **Temáticas:** viaje, aventura, ciencia ficción, naturaleza, prehistoria, exploración

Viaje al centro de la Tierra, editada por primera vez en 1864, es la tercera novela de los *Viajes extraordinarios* de Julio Verne. Se escribe prácticamente en el mismo momento en el que tiene lugar el relato, ya que la historia transcurre en 1863. Así pues, el autor sumerge al lector en una época que conoce bien.

En esta novela, Julio Verne desarrolla esa alquimia que tanto le caracteriza, que mezcla ciencias y sueños visionarios. Pone en escena a un viejo sabio y geólogo alemán acompañado por su sobrino de 19 años, torpe y cobarde, que a su vez es el narrador: ambos emprenden un viaje absolutamente incierto, repleto de aventuras, a cuál más sorprendente.

RESUMEN

CAPÍTULOS 1-5

Hamburgo, 24 de mayo de 1863. El profesor Lidenbrock entra bruscamente en su casa, para refugiarse en su despacho, desde donde llama a su sobrino Axel con insistencia. El motivo de esta urgencia es la compra de un manuscrito islandés del siglo XII, escrito en rúnico. Este acontecimiento centra toda la atención del tío, que incluso pierde el apetito.

Del manuscrito se ha desprendido un pergamino. Su autor es el alquimista Arne Saknussemm y dataría, como muy pronto, del siglo XIV. Axel intenta descifrar esta escritura extraña y finalmente encuentra el secreto del código: la posibilidad de hacer un viaje peligroso y fascinante se abre ante sus ojos, pero decide destruir el documento para evitarlo.

El tío entra en escena, pero Axel guarda silencio. Lidenbrock pone a todo el mundo a dieta hasta que se descifre el código y finalmente, bajo presión, Axel le confiesa el secreto.

CAPÍTULOS 6-10

El mensaje habla de un viaje al centro de la Tierra, entrando por un volcán islandés, el Sneffels. Axel transmite sus inquietudes a su tío y maestro. La novia de Axel, Graüben, lo convence finalmente de que se marche con su tío.

Una vez han llegado a Copenhague, el profesor busca un barco para ir a Islandia. Mientras esperan para partir, hace que su sobrino haga ejercicios para superar el mareo.

Once días después, conocen a personalidades de Reikiavik: el gobernador Trampe, el alcalde Finsen y el profesor Fridriksson. Los dos alemanes son invitados a la mesa de Fridriksson, que les explica la historia de Arne Saknussemm y del volcán extinto. Fridriksson les presentará a un buen guía.

CAPÍTULOS 11-15

Al día siguiente, conocen al guía Hans Bjelke, que les acompañará a lo largo del viaje. El 16 de junio por la mañana, comienza la expedición: atraviesan el paisaje islandés, pobre y desolado, a caballo y, a veces, en barco, especialmente para franquear un fiordo.

Después de haber disfrutado de nuevo de la hospitalidad islandesa, los viajeros alcanzan los primeros ríos de lava. El 22 de junio, se encuentran al pie del Sneffels, y se hospedan en la casa de un vecino de la aldea de Stapi.

Comienza la ascensión al Sneffels, lentamente y en silencio. Hans muestra el camino y les advierte del peligro. El sol de medianoche les espera en la cumbre.

CAPÍTULOS 16-20

Los aventureros descienden hacia el cráter. Descubren la inscripción «Arne Saknussemm», y luego descienden por la chimenea del volcán, mediante una escalera muy estrecha. Diez horas después, llegan al fondo.

Entonces, penetran en las entrañas de la Tierra a través de un pequeño pasillo. A pesar de la profundidad, el calor es soportable, pero Axel está inquieto. Cuando llegan al final de la galería, se encuentran frente a dos caminos y el tío decide ir hacia el este. Sin embargo, parece que los viajeros están volviendo a subir hacia la superficie.

El agua escasea. Atraviesan un yacimiento de hulla y Axel observa las capas geológicas que muestran la evolución de la Tierra. Finalmente, un muro les bloquea el paso.

CAPÍTULOS 21-25

Hay que dar marcha atrás. A pesar de todo, deciden continuar con el periplo. Axel, sediento y exhausto, se desmaya mientras están en una prisión de granito. Cuando se despierta, Hans está perforando la roca, ya que a lo lejos ha oído el ruido de un torrente: del agujero que hace, sale agua hirviente y ferruginosa, lo que le vuelve a dar fuerzas al joven Axel. Bautizan al arroyo con el nombre de «Hans-Bach». En ese momento, se encuentran a cinco leguas de profundidad, por debajo del Atlántico.

Los viajeros llegan a una gruta que se encuentra a dieciséis leguas de profundidad, y se ponen a descansar. El profesor y su sobrino se ponen a realizar consideraciones científicas.

CAPÍTULOS 26-30

Poco a poco, el mutismo de Hans se apodera de ellos. El 7 de agosto, Axel pierde de vista a sus dos compañeros y al arroyo que les acompañaba en el descenso, y cae preso del desespero. Su linterna se apaga poco a poco. Entra en pánico, se golpea la cabeza y pierde el conocimiento. Entonces, la oscuridad es total. Finalmente, se despierta y percibe un ruido a lo lejos. El muro transporta su voz y le devuelve la de su tío: están a una legua de distancia. Axel se pone a seguir el sonido y tropieza.

Cuando se despierta, se encuentra cerca de sus compañeros, feliz de volverles a ver. Descubre el mar Lidenbrock, recluido en una inmensa excavación. Quedan maravillados por enormes hongos y huesos gigantescos, testigos de una naturaleza de otra época.

CAPÍTULOS 31-35

La exploración de este nuevo mundo continúa por el mar Lidenbrock. Hans pesca un pescado ciego de otra época, lo que hace que Axel fantasee sobre la evolución y los animales prehistóricos. La ausencia de tierra a la vista despierta la impaciencia del profesor. De repente, se desata un combate terrible entre dos animales marinos prehistóricos, pero luego vuelve la calma. Entonces, a lo lejos, divisan una masa monstruosa que, en realidad, resulta ser un géiser. Rodean el obstáculo y la navegación sigue adelante.

Llegan tormentas y el profesor se pone de muy mal humor. Entonces, un fuego de San Telmo les amenaza y alcanza el mástil, pero luego desaparece. Finalmente, llegan a tierra firme.

CAPÍTULOS 36-40

El profesor Lidenbrock se da cuenta de que el viento les ha llevado a la orilla que habían dejado. Hans repara las averías y, mientras tanto, el profesor y su sobrino exploran la región. Encuentran un inmenso cementerio de animales prehistóricos y, de repente, un cráneo humano; a continuación, hallan varios esqueletos enteros. El profesor se pone a disertar como si estuviera en un anfiteatro.

Descubren árboles colosales, mastodontes aterradores y un ser gigante que les controla. Dan media vuelta, y Axel encuentra un puñal oxidado. Poco después, descubren dos letras grabadas en un túnel: «A.S.», como Arne Saknussemm. Las investigaciones continúan, pero los dos alemanes se encuentran con una roca que les obstruye el paso. Hay que dinamitarla.

CAPÍTULOS 41-45

Axel prende la mecha. Tras la explosión, se abre un abismo que aspira el mar y que se los lleva a ellos también, en la balsa con la que se habían retirado. La caída es vertiginosa. A continuación, la balsa llega a un pozo, y vuelve a subir progresivamente. De repente, el calor se vuelve insoportable, y el agua hierve: está a punto de producirse una erupción volcánica. De hecho, se encontraban en la chimenea de un volcán activo. Bajo el calor, Axel se desmaya.

Cuando Axel despierta, los viajeros están en las laderas de la montaña y medio desnudos, en una magnífica región: el Stromboli. Se hacen pasar por náufragos.

El 9 de septiembre, están de vuelta a Hamburgo. El profesor cuenta su viaje a los científicos incrédulos. Del viaje sale un libro, que les hace famosos en el mundo entero. Axel se casa con Graüben, feliz y orgulloso de su tío.

ESTUDIO DE LOS PERSONAJES

EL PROFESOR OTTO LIDENBROCK

El profesor Lidenbrock es el iniciador del viaje. Es el cabeza de familia de la casa situada en el número 19 de Königstrasse, donde viven también Marta, la sirvienta, Axel y, ocasionalmente, Graüben.

Es un personaje original con un defecto de pronunciación; sabio egoísta y avaro, verdadero «pozo de ciencia» (Verne 1984, 3), es geólogo, mineralogista y profesor de universidad. Asimismo, es el conservador de un museo y posee una rica biblioteca, lo que explica su entusiasmo por el manuscrito antiguo. Habla con fluidez varios idiomas (alemán, francés, islandés, latín, inglés, italiano, etc.).

Es rico, alto, flaco, rubio y parece joven para su edad (tiene 50 años). Lleva gafas y le gusta el tabaco. Su sed de descubrimientos y de ciencias hacen de él un hombre impetuoso, valiente y apasionado, que oscila entre la locura y el genio. A pesar de su carácter gruñón, conserva su humanidad e incluso demuestra que es altruista con su sobrino.

AXEL

Axel Lidenbrock es el narrador de la historia. Huérfano, es el sobrino adoptivo del profesor Lidenbrock. Nació en 1844, por lo que tiene 19 años. Está enamorado de Graüben, una hermosa joven de 17 años originaria de Vierlande (un barrio de Hamburgo), ahijada de Otto Lidenbrock.

Es un apasionado de la mineralogía y asiste concienzudamente a su tío en sus tareas. No es tan sabio como el profesor, pero su perspicacia le permite encontrar la clave que descifra el código de Arne Saknussemm. Incapaz de estar sin comer y sin su novia, Axel le revela el código del pergamino al profesor, lo que origina el viaje al centro de la Tierra.

Su naturaleza poco temeraria y cobarde contrasta con el rigor de Hans y el coraje de su tío. El espectáculo que observa en las entrañas de la Tierra lo deja completamente fascinado, y es en ese momento que descubrimos sus cualidades de joven científico, apasionado de la geología y la evolución. Sus compañeros de aventuras le salvan la vida varias veces. Sus múltiples desmayos fragmentan la narración del relato, lo que refuerza el carácter extraordinario de la novela.

HANS BJELKE

Hans es un islandés fuerte y robusto, alto y vigoroso. Es una verdadera fuerza de la naturaleza y, al igual que el paisaje islandés, su carácter es tranquilo y sereno. Tiene el pelo largo y pelirrojo, y unos pequeños ojos azules que transmiten una mirada inteligente. Asimismo, es cazador de eiders, patos migrantes cuyas plumas son fuente de riqueza en Islandia.

Hans habla básicamente danés, y no se comunica nunca con Axel. Así, en general, es muy poco locuaz y solamente habla cuando es indispensable. El profesor Lidenbrock se encarga de traducir lo que dice para su sobrino.

Su espíritu de iniciativa es una ayuda muy valiosa para los dos alemanes. Dedicado sin pausa a su tarea de guía, encuentra agua (el Hans-Bach) cuando las reservas estaban agotadas, y salva a Axel de ahogarse en varias ocasiones. Durante trece semanas, cada sábado el profesor le paga la suma acordada.

Cuando Axel les encuentra (Verne 1864, cap. 29), Hans muestra una cierta alegría, lo que pone de manifiesto su humanidad.

EL PROFESOR FRIDRIKSSON

Recibe al profesor y a su sobrino en su vivienda de Islandia, donde se muestra muy hospitalario y cortés con sus invitados. Profesor de ciencias naturales, Fridriksson es un sabio modesto que solamente habla latín e islandés, y es uno de los pocos personajes con los que Axel puede comunicarse (en latín).

Fridriksson es quien informa al profesor Lidenbrock sobre el renombre que tiene en Islandia Arne Saknussemm, un erudito islandés perseguido en el siglo XVI. Asimismo, les revela que el Sneffels está extinto desde hace mucho tiempo y les proporciona un guía fiable. Por lo tanto, es un personaje clave.

CLAVES DE LECTURA

UNA ESTRUCTURA PARTICULAR: VIAJES EN EL VIAJE

La estructura de la novela es notable tanto desde el punto de vista de la forma como del contenido. El *Viaje al centro de la Tierra* es más que un simple desplazamiento en el espacio:

- los capítulos son muy regulares. Por lo general, cada uno de ellos contiene una acción principal que marca un desplazamiento en el tiempo (un día o más) y en el espacio (hacia una nueva destinación). La historia dura un poco más de tres meses (del 24 de mayo al 9 de septiembre de 1863), y transcurre en varios países, sobre la Tierra y en su interior. La mayoría de los capítulos se terminan con una noche de reposo que los personajes tienen bien merecida;
- los protagonistas están siempre en movimiento, en busca de un objetivo al que se acercan pero que nunca logran alcanzar: el centro de la Tierra. Entran en la Tierra a través de un volcán extinto en el noroeste de Europa (en Islandia) y salen a través de otro volcán, esta vez activo, que se encuentra en el sur de Europa (en Sicilia). Así pues, la estructura es cíclica;
- los personajes evolucionan a lo largo de su expedición (viaje iniciático) puesto que Axel se convierte en un hombre y puede casarse con Graüben, mientras que el profesor, al que reciben como un héroe cuando regresa del viaje, puede desarrollar sus teorías científicas;
- se trata de un viaje en el tiempo y en el espacio. A medida que pasan los días, los personajes penetran en las entra-

ñas de la Tierra, y hacen el camino inverso de la evolución del planeta y de las especies. En concreto, descubren las distintas eras de la Tierra, así como la fauna y la flora de esas épocas (animales prehistóricos, fósiles, etc.);

- el avance físico de los personajes es vertical y horizontal. La dimensión horizontal (por ejemplo, la navegación en el mar Lidenbrock, *alter ego* del Mediterráneo) hace que el profesor se ponga de mal humor, ya que no le acerca a su objetivo, mientras que las caídas vertiginosas hacen que se emocione;
- la temática del viaje se materializa en un objeto esencial: la brújula. Durante la tormenta en el mar Lidenbrock, se invierte la polaridad de los polos y eso hace que los viajeros pierdan el norte literalmente. Esta «pérdida de dirección» se añade a las dos dimensiones de espacio y de tiempo que son múltiples, lo que hace que los protagonistas se suman en una estructura laberíntica;
- los múltiples desmayos de Axel crean una dimensión onírica que refuerza el aspecto extraordinario del viaje por medio de las elipsis y de sus sueños;
- Axel escribe un diario de navegación durante la travesía del mar Lidenbrock. La narración del viaje al centro de la Tierra también se publica al final de la novela. Esta puesta en abismo le da una dimensión adicional a la novela de Julio Verne. La puesta en abismo es un procedimiento artístico que consiste en representar una obra dentro de una obra del mismo tipo (por ejemplo, el teatro dentro del teatro en *La ilusión cómica* de Corneille, de 1635, o las muñecas rusas).

DE LA CIENCIA A LA CIENCIA FICCIÓN

En esta novela, las ciencias ocupan un lugar primordial. De la geología a la paleontología, pasando por la mineralogía, la química, la física y la criptología, las ciencias muestran el avance de los conocimientos de la época. El profesor Lidenbrock tiene confianza, sobre todo, en la teoría de Humphry Davy (científico británico, 1778-1829) según la que no existe calor interno excesivo en el centro de la Tierra.

Las unidades de medida empleadas a lo largo de la novela, utilizando el sistema métrico anglosajón, refuerzan el carácter serio, preciso y científico: nudos, pies, leguas, etc.

Además, para llevar a cabo la expedición, el profesor se lleva una gran cantidad de aparatos de medición (ver página 52): dos brújulas, un manómetro, un termómetro de Eigel, un cronómetro y dos aparatos de Ruhmkorff (científico alemán, 1803-1877) que funcionan como lámparas eléctricas estancas.

El autor, al destacar estos avances científicos, le da a su narración el crédito de un relato auténtico y científicamente verdadero. Las teorías científicas ponen cátedra y no pueden ser falsas. Lo que proviene de la ciencia ficción (el viaje a la Tierra, un mundo subterráneo, el retorno a través de un volcán, etc.) se acredita como científico y, por lo tanto, aparece como verosímil y creíble, aunque se trate de pura ficción.

LA CUESTIÓN DEL IDIOMA

La temática del viaje favorece el uso de un cierto número de idiomas en esta novela:

- el código en caracteres rúnicos del sabio Saknussemm, que habla de una entrada hacia el centro del planeta, hace que intervengan las competencias lingüísticas del profesor Lidenbrock y de su sobrino. Este último descubre la presencia de varias lenguas mezcladas (latín, griego, francés e incluso hebreo), mientras que las letras se han mezclado de forma hábil según una combinación que Axel descubre por casualidad. Este código, el manuscrito y las huellas que dejó el sabio islandés en el siglo XVI demuestran un intento de comunicación entre las épocas (los siglos XVI y XIX). Esta comunicación es difícil, pero es posible;
- Julio Verne juega con los estereotipos que se le atribuyen con facilidad a las distintas naciones (los alemanes son ordenados y estrictos, los islandeses simples y salvajes y los italianos supersticiosos). No obstante, hace que todo este pequeño mundo se comunique;
- además, el profesor, gracias a su plurilingüismo, puede comunicarse con todos los personajes que encuentra, hasta el sabio Saknussemm, gracias al intermediario del pergamino. En cuanto a Axel, puede hablar en latín con el profesor Fridriksson;
- las observaciones de Hans, que no habla demasiado, se transcriben en el texto en danés. Esto crea un espacio entre la comprensión del profesor (que utiliza con mucho gusto un argot científico) y la de Axel, que no conoce este idioma. Este último es más hábil para descifrar los rastros geológicos y, así, seguir la evolución de la Tierra. Asimismo, en varios lugares aparecen frases en latín y, al

final de la historia, en italiano. Hay que añadir estas dos palabras de los idiomas nórdicos, que se han incluido en español: fiordo y géiser;

- cuando Axel pierde de vista el arroyo y a sus compañeros, la cavidad rocosa, que hace la función de camino acústico, sirve de conducto y le permite restablecer la comunicación con su tío;
- el uso de un narrador en primera persona favorece la introspección del joven Axel y, por lo tanto, la comunicación con él mismo (sueño, diario de navegación).

PISTAS PARA LA REFLEXIÓN

ALGUNAS PREGUNTAS PARA PROFUNDIZAR EN SU REFLEXIÓN...

- Según usted, ¿qué es lo que hace que esta narración sea una novela de aventuras?
- Julio Verne escribió esta novela en 1863. Algunos vieron en él a un vidente. ¿Qué opina usted al respecto?
- En la novela, destaca la presencia de varios idiomas. ¿Qué efecto produce?
- ¿En qué medida *Viaje al centro de la Tierra* es, al mismo tiempo, un viaje en el tiempo y en el espacio?
- ¿Qué hace el autor para que su relato sea lo más realista posible?
- Las adaptaciones cinematográficas de la novela, ¿conservan todas sus características?
- En su opinión, ¿por qué el autor utiliza la focalización interna?
- Julio Verne escribe en el siglo XIX, siglo de los grandes novelistas como Balzac, Zola, Dickens, Tolstói, Flaubert, Dostoievski, Stendhal, etc. ¿Qué es lo que lo diferencia de todos estos autores?
- ¿Cree que el autor escribió la novela con un objetivo pedagógico?

¡Su opinión nos interesa!
¡Deje un comentario en la página web de su librería en línea,
y comparta sus favoritos en las redes sociales!

PARA IR MÁS ALLÁ

EDICIÓN DE REFERENCIA

- Verne, Julio. 1864. *Viaje al centro de la Tierra*. Lima: Biblioteca virtual Julio Verne.

ADAPTACIONES

- *Viaje al centro de la Tierra*. Dirigida por Henry Levin. Estados Unidos, 1959.
- *Viaje al centro de la Tierra*. Dirigida por Juan Piquer Simón. España, 1976.
- *Viaje al centro de la Tierra*. Dirigida por Eric Brevig. Estados Unidos, 2008.
- Polese, Renato y Roudolph. 1978. Cómic *Viaggio al centro della Terra*.
- Riou, Édouard y Patrice Cartier. 2009. Cómic *Voyage au centre de la Terre*.

EN RESUMENEXPRESS

- Guía de lectura de *Dos años de vacaciones* de Julio Verne.
- Guía de lectura de *El castillo de los Cárpatos* de Julio Verne.
- Guía de lectura de *La vuelta al mundo en 80 días* de Julio Verne.
- Guía de lectura de *Miguel Strogoff* de Julio Verne.
- Guía de lectura de *Veinte mil leguas de viaje submarino* de Julio Verne.

ResumenExpress.com

GUÍA DE LECTURA

Muchas más guías para descubrir tu pasión por la literatura

www.resumenexpress.com

www.resumenexpress.com

ISBN ebook: 9782806280299

ISBN papel: 9782806284099

Depósito legal: D/2016/12603/355

Cubierta: © Primento

Libro realizado por Primento, el socio digital de los editores